CATALOGUE

D'UN

RICHE MOBILIER

Styles Renaissance et XVIIIe siècle

Meubles en bois sculpté, en vernis Martin et bois de luxe ornés de bronzes

TAPISSERIES, TENTURES, TAPIS

BRONZES

de Falguière, Paul Dubois, Lequesne, Bourgeois

(Édition de BARBEDIENNE)

TRÈS BEAUX MARBRES

de d'Épinay, Bienaimé, Mathurin et Hippolyte Moreau

TABLEAUX, ÉMAUX, OBJETS D'ART

Garnissant l'Hôtel de M. de X...

37, Rue SPONTINI, 37

OU LA VENTE AURA LIEU

les lundi 4, mardi 5 et mercredi 6 juin 1894

A DEUX HEURES

Me G. BOULLAND	**M. A. BLOCHE**
Commissaire-Priseur	Expert près la Cour d'appel
26, Rue des Petits-Champs	25, Rue de Châteaudun

Chez lesquels on trouve le présent Catalogue

EXPOSITIONS

PARTICULIÈRE	PUBLIQUE
Le Samedi 2 Juin, de 1 h. 1/2 à 5 h. 1/2	Le Dimanche 3 Juin, de 1 h. 1/2 à 5 h. 1/2

NOTA. — **L'Hôtel est à vendre ou à louer**

CONDITIONS DE LA VENTE

La vente sera faite *expressément* au comptant.

Les acquéreurs payeront en sus des adjudications *cinq pour cent.*

L'exposition mettant le public à même de se rendre compte de l'état des objets, il ne sera admis aucune réclamation une fois l'adjudication prononcée.

Paris. — Imprimerie, E. Ménard et Cie, 8, rue Milton.

Vestibule

1 — Deux belles torchères formées par des statuettes de femmes drapées, en bronze patine claire, tenant des bouquets à six lumières, de Falguière et Paul Dubois. Edition de Barbedienne. Posant sur socles en chêne sculpté.

2 — Deux statuettes en faïence : *Joueur de flûte* et *Joueuse de tambour de basque.*

3 — Deux plats en émail cloisonné du Japon fond bleu turquoise à fleurs en polychrome.

4 — Deux escabeaux en chêne sculpté à cariatides de femmes, feuillages et raisins. Renaissance.

5 — Escabeau en chêne sculpté à jour, à cariatides de dragons ailés. Renaissance.

6 — Paravent à quatre feuilles en étoffe japonaise à oiseaux et feuillages d'or.

7 — Table en bambou.

8 — Tapis en moquette rouge, couvrant le vestibule.

Salle à Manger

9 — Très beau buffet crédence, d'aspect architectural, en noyer sculpté, le haut soutenu par quatre figurines accroupies d'hommes et de femmes, est à trois portes, représentant, celle du milieu, une scène de chasse, et celles des côtés, un chanteur et un joueur de mandoline dans des chaires ornées de cariatides d'hommes et de femmes sur gaîne, flanquées de colonnes cannelées et surmontées de chapiteaux. Les tiroirs sont ornés de tête d'hommes et mufles de lions en haut-relief, et de godrons. Le bas, à quatre portes, offrent : celles du milieu, des enfants au milieu de rinceaux feuillagés, jouant avec des têtes de satyres et celles de droite et de gauche, des médaillons à têtes d'hommes barbus en haut relief, entourés de personnages fantastiques, montants à gaînes drapées. Travail de style Renaissance, de la maison Mercier.

10 — Meuble crédence en noyer sculpté à trois étagères, panneaux du fond offrant des élégants rinceaux, et les portes, des vases de fleurs et une tête de lion retenant une draperie, même travail que le numéro précédent.

11 — Grande et belle cheminée monumentale en noyer sculpté, ornée de rinceaux et de feuillages, sur les côtés se détachent des mascarons de femmes et de cariatides d'hommes, se terminant par chutes de fleurs. Surmontée d'un trumeau à colonnes avec portrait en tapisserie ancienne, représentant un personnage à la Rembrandt. Travail partie Renaissance.

12 — Table à quatre allonges en noyer et huit chaises, couvertes en cuir gauffré marron. Style Renaissance.

13 — Tapis de table en tapis d'Orient fond rouge à médaillon en polychrome.

14 — Table à trois étagères en laque de Chine, fond aventurine.

15-16 — Deux petites tables en bambou sculpté à trois tablettes couvertes en natte de Chine.

17 — Banquette couverte en tapis de Karamanie, dessin polychrome.

18 — Paire de chenets en bronze ciselé et doré de style Renaissance; statuette d'enfant sur base, à trois faces ornées de mascarons d'enfants et de satyres. De la Maison Barbedienne.

19 — Galerie de cheminée en bronze.

20 — Deux belles lampes en bronze patine brune, avec bas-reliefs, représentant des Bacchanales d'après l'antique, système à gaz, sur socles de marbre noir. Edition de Barbedienne.

21 — Quatre socles orientaux en bois noir et incrustations de nacre.

22 — Quatre bras d'applique à six lumières, en bronze, patine frottée, système à gaz, de Barbedienne.

23 — Cave à liqueurs en cristal de Bohême bleu et blanc, monture en bronze sur socle en peluche.

24 — Grande aiguière en faïence italienne, décor médaillon à personnages.

25 — Paire de vases en faïence italienne, fond blanc à personnages, en polychrome, anses formées par des cariatides.

26 — Paire de vases à anses, en faïence italienne, décor bleu et blanc à médaillons.

27 — Vase à anses, en faïence d'Urbino, décor bleu, jaune et rouge, décor à médaillons.

28 — Plat en faïence de Rouen, décor à la corne.

29 — Neuf flacons à liqueurs, en faïence de Delft, bleu sur blanc.

30 — Très beau vidrecome en bronze ciselé, argenté et doré, offrant au pourtour en bas-relief, une scène de combat de l'antiquité. L'anse représente un triton étouffant un monstre marin dans ses bras; le couvercle est couronné d'une figurine d'enfant sonnant dans une trompe de victoire.

31 — Paire de vases forme amphores, en bronze argenté et doré, décorés de bas-reliefs, style grec, de Henry Cahieux.

32 — *L. Clément Septimus, Cujas (Jacques).* Deux portraits en émail, peinture en couleur et grisaille, formant fonds de plats avec bordure à mascarons, cartouches et branchage style XVIe siècle.

GHIBERTI LORENZO
(d'après)

33 — *La Reine de Saba visitant Salomon.*

34 — *Histoire de Joseph.*

35 — *Le passage du Jourdain.*

36 — *Esaü et Jacob.*

37 — *Moïse sur le mont Sinaï.*

38 — *David vainqueur de Goliath.*

Six magnifiques hauts reliefs en bronze, reproduction du Baptistère de Florence, avec cadres en bois noir, ornés de hauts reliefs en bronze, représentant des compositions allégoriques de la même décoration.

Travail de BARBEDIENNE (Signés).

Haut 95 cent. larg. 95 cent.

39 — Décoration de baie et décoration de croisée, avec lambrequin en soierie fond vert à fleurs brodées de soie et d'or, style Renaissance.

40 — Tapis en bistre rouge d'Orient, couvrant la salle à manger.

Petit Salon

41 — Ameublement de salon en bois sculpté et doré, couvert en soie fond vieux rose composé : de deux canapés et deux fauteuils ornés de passementeries asssorties, style Louis XIV.

42 — Décoration de deux croisées et d'une baie en soie analogue, avec galeries, en bois sculpté et doré.

43 — Deux consoles en bois sculpté et doré, couvertes en peluche rouge, style Louis XIV.

44 — Très beau meuble à musique, à soixante-quatre airs, en marqueterie de luxe. Style Louis XV.

45 — Meuble d'encoignure en laque fond noir à oiseaux et fleurs à rehauts d'or, ornée de bronzes dorés.

46 — Six appliques en bois sculpté et doré à cinq lumières.

47 — Petit paravent en cuir et velours vieux rose, à trois panneaux, ornés de bronzes et de trois médaillons en porcelaine décorée offrant une présentation dans un chateau et des cavaliers, style Louis XVI.

48 — Statuette en bronze : *Le Myosotis*, de MATHURIN MOREAU. Sur socle à plinthe tournante.

49 — Deux glaces en verre de Venise.

50 — Table en bois sculpté et doré, formée d'une statuette d'enfant supportant une mosaïque de Florence, représentant une ville au bord de la mer. Signé : P. DELLA VALLE 1850.

51 — Lampe de parquet en bronze avec table en onyx,

52 — Statuette en bronze : *le Charmeur de serpents*, patine noire. Signé : ARTHUR BOURGEOIS, sculpteur.

53 — Statuette en bronze patine noire : *le Danseur antique* sur socle en peluche rouge. Signé : LEQUESNE.

54 — Paire de flambeaux en bronze doré, style Louis XV.

55 — Deux statuettes en bronze argenté : *Pierrot* et *Arlequin*. Signés : LALOUETTE. Sur socles en peluche rouge.

56 — Bas-relief en bronze. Louis XVI. Cadre en bois noir.

57 — Petit bureau en émail, supportée par une figurine de satyre.

58 — Petite montre en émail, supportée par une girafe.

59 — Deux statuettes en porcelaine de Saxe : *les Incroyables*.

60 — Vidrecome en albâtre.

61 — Figurine d'amour en bronze noir : *l'Art d'aimer*, formant presse-papier.

62 — Jardinière ovale en verre de Venise, rouge et or; sur socle en peluche rouge.

63 — Bignou en porcelaine décorée, fond blanc.

64 — Limoges : *Diane chasseresse*. Email cintré dans le haut, peinture en grisaille et couleur, partie sous paillons d'or. Style XVIe siècle. Cadre en bois sulpté et doré.

65 — ECOLE ITALIENNE : *Vénus et l'Amour*. Plaque rectangulaire en émail, peinture en grisaille et camaïeu bleu, avec dragons aux écoinçons; cadre en bois sculpté et doré.

66 — *Henri II*, roi de France. Plaque rectangulaire en émail, peinture en couleur et rehaussée d'or; cadre en bois sculpté et doré.

67 — *Reine de l'antiquité :* plaque rectangulaire en émail, peinte en grisaille, à rehauts d'or, médaillon dans un cartouche à ornements raphaélesques, style XVIe siècle; cadre en bois sculpté et doré.

68 — LAUDIN (attribuée à) : *L'Enfant Jésus et Saint-Jean*. Plaque ovale; émail de Limoges, peinture en couleur, cadre en bois doré.

69 — Miniature sur ivoire : Portrait de dame, cheveux poudrés avec couronne de roses dans les cheveux.

70 — Lustre en bronze et cristaux.

71-72 — Deux groupes en porcelaine de Saxe, de cinq figures : *la Danse champêtre,* sur socles en peluche rouge.

73-74 — Deux consoles d'appliques en bois sculpté et doré, supportées par des cariatides d'enfants.

75 — Paire d'appliques en bronze doré, à cinq lumières, modèle à tulipes, style Louis XVI.

76-77 — Deux petites consoles d'applique en porcelaine de Saxe à fleurs et oiseaux en relief.

78 — Vase en onyx, monture en bronze doré.

79 — Carpette de Smyrne, dessin fond bleu à médaillons rouges, encadrée de moquette rouge.

80 — Petit fauteuil en noyer, couvert en velours de lin rouge et galons or.

Grand Salon

81 — Ameublement de salon, en bois sculpté et doré. Dessin à contours et à bouquets de fleurs, couvert en damas de soie bleue à bouquets de fleurs style Louis XV, composé d'un très grand canapé, huit fauteuils et douze chaises.

82 — Décoration de baie, de fenêtres et de portes même damas avec lambrequins et bonnes grâces garnie de franges, avec embrasses assorties.

83 — Trois tabourets en bois sculpté et doré, dessins à coquilles, fleurs et rosaces, couverts en moire blanche, brodée à bouquets de fleurs. Style Régence.

84 — Meuble à hauteur d'appui, décor genre vernis Martin, les panneaux offrant des sujets champêtres, dans des encadrements à rocailles en bronze ciselé et doré, dessus en marbre brèche d'Alep, style Louis XV.

85 — Petit meuble, formant vitrine, en bois de palissandre, avec panneau genre vernis Martin, *la Lettre d'amour*, garni de bronzes ciselés et dorés, style Louis XVI.

86 — Meuble à hauteur d'appui, de forme bombé, en bois de palissandre, garni de bronzes avec panneau genre vernis Martin, à sujet galant, d'après Lancret, dessus en marbre brèche d'Alep. Style Louis XV.

87 — Console en bois sculpté et doré, dessin à rocailles, à figures d'enfants, style Régence.

88-89 — Deux consoles en bois sculpté et doré, dessin à guirlandes feuillagées et à contours, entrejambe formé par une figurine d'amour.

90-91 — Deux grandes glaces, avec cadres en bois sculpté et doré, offrant des figurines d'amours et des chimères ailées, se perdant dans des rocailles.

92 — Ecran diptyque à glaces, avec peinture à sujets italiens, monture en bois sculpé et doré. Style Régence.

93-94 — Deux tables à jeu, en bois noir, et à filets de cuivre, garnies de bronzes, dessin à arabesques, pieds cannelés, style Louis XVI.

95 — Grande table en marqueterie de bois, dessin à corbeilles fleuries, Amours, volatiles et mascarons, garnie de cuivre, style flamand.

96 — Paravent à trois feuilles, en bois sculpté et doré, dessin à coquilles et contours, couvert en peluche rouge, avec broderies en relief à grands branchages fleuris, style Régence.

97 — Deux très beaux candélabres formés de vases en porcelaine de Chine flambé, qualité rare montés en bronze ciselé et doré, dessin rocailles, à trois branches de lumières, style Louis XV.

98 — Grand brûle-parfums en bronze du Japon formant lampe, offrant des médaillons à paysages, animés de personnages et volatiles et des dragons en relief s'enroulant autour du pied.

99 — Support en bois noir sculpté, formé par des têtes fantastiques, avec tablette d'entre-jambes, travail dans le goût chinois.

100 — Grande lampe formant colonnette, en marbre rouge, avec bas et chapitaux en bronze, système Dupleix, et son abat-jour.

101 — Grand et beau lustre en bronze ciselé et doré, à cinquante-quatre lumières, dessin à rinceaux feuillagés, retenus par trois figurines d'amours, style Louis XV.

102 — Lampe en bronze, formée par une statuette chinoise, système Dupleix.

103 — Lampe formée par une colonnette en onyx d'Algérie, garnie de bronze, système Dupleix.

104 — Paire de beaux candélabres formés par des figurines d'amours drapés en bronze, patine foncée, portant des cornes d'où partent trois bras de lumières en bronze ciselé et doré. style Louis XVI.

105 — Très grande pendule forme monumentale en bronze ciselé et doré, avec figurines d'amours,

garnie de plaques en porcelaine de Saint-Amand, à sujets de FRAGONARD, de LANCRET et de BOUCHER, à cadran tournant, style Louis XVI.

106 — Deux flambeaux en bronze ciselé et doré, formés par quatre cariatides de femmes sur gaîne, reliées par des guirlandes fleuries, style Louis XVI.

107 — Ameublement de salon, en bois sculpté et doré, dessin à coquilles et godrons, couvert en tapisserie d'Aubusson, représentant des allégories aux fables de La Fontaine, composé d'un canapé, quatre fauteuils et quatre chaises,

108 — Très beau groupe en marbre blanc : l'*Amour de la vérité*, de PROSPER D'EPINAY, signé et daté 1892, socle en peluche rouge.

109 — Deux lampes en bronze ciselé et doré offrant en bas relief *le Triomphe de Bacchus*, pieds à rocailles.

110 — Lustre en bois sculpté et doré, à douze lumières offrant un amour dansant dans une corbeille.

111 — Paire d'appliques en bronze doré, formé de bouquets de lis à cinq lumières.

112 — Deux grandes et belles appliques en bronze ciselé et doré, formé d'un vase fleuri, suspendu à un nœud de rubans et offrant en relief des têtes de femmes reliées entre elles par des guirlandes de fleurs d'où partent des rinceaux feuillagés à cinq lumières, style Louis XVI. Modèle du Trianon.

113 — Deux appliques à trois lumières en bronze ciselé et doré, formées de figurines d'enfants tenant des guirlandes de laurier et portant sur leurs têtes des vases enguirlandés, style Louis XVI.

114 — Belle Statuette en marbre blanc : *Sur la Falaise*, de Mathurin Moreau.

115 — Belle Statuette en marbre blanc : *Iris*, d'Hippolyte Moreau, sur un socle en marbre rouge.

116 — Statuette en marbre : *la Liseuse*.

117 — Paire de candélabres à sept lumières en bronze argenté, dessin à rocailles.

118 — Deux grands et beaux chenêts en bronzes ciselés formés de vases enguirlandés sur balustrades, style Louis XVI.

119 — Beau groupe en bronze patine brune : faunesse, petit faune et enfant, d'après Clodion, style Louis XVI.

120 — Deux flambeaux en bronze ciselé et doré, formé de têtes de chérubins se perdant dans des rocailles, style Louis XV.

121 — Statuette en marbre, *l'Hiver*, de F. Bienaimé. (Signé.)

122 — Deux statuettes de guerriers, en bronze ciselé et doré de Frémiet, socles en marbre rouge.

123 — Jolie statuette en marbre : *Bacchante* de Rossi. (Signé.)

124 — Deux grands vases en émail cloisonné, de Chine, décor à médaillons, volatiles, en polychrome, sur fond vert.

125 — Jardinière, en porphyre oriental, montée sur pieds, en bronze ciselé et dorés, style Renaissance.

126 — Paire d'appliques en bronze ciselé et doré, à trois lumières, offrant des têtes de bélïers, sur gaînes, surmontées de vases enguirlandées, style Louis XVI.

127 — Jardinière, formée par une grande vasque en émail cloisonné, de Chine, décor à volatiles, dans des paysages fleuris, en polychrome, sur fond bleu turquoise, sur pied en bronze doré.

128-131 — Quatre carpettes d'Orient, fond bleu et rouge, dessin polychrome, (seront divisées).

132 — Peau de tigre, naturalisé.

133 — Peau d'ours blanc, naturalisé.

134 — Deux petites aiguières, en ivoire sculpté offrant en relief, des scènes mythologiques.

135 — Deux petites chopes, en ivoire sculpté, présentant le *Triomphe de Bacchus*, en bas-relief.

136 — Statuette en ivoire sculpté : *Le Fauconnier*.

137 — Bonbonnière, forme cœur, en porcelaine de Saxe, dessin paysage, intérieur doré.

138 — Flacon en émail de Saxe, présentant *Cérès et Flore*.

139 — Éventail Louis XV, avec monture en nacre ajourée et rehaussée de dorure, feuille avec peinture représentant un sujet galant.

140 — Parure de cou, et croix en argent doré et strass, dessin à palmes et fleurettes, style Louis XVI.

141 — Deux petits cornets en émail, avec peintures à sujets mythologiques.

142 — Miniatures sur ivoire : *Louis XV et sa famille*, et *l'Impératrice Joséphine et le Prince Impérial*, cadre en bronze, avec écussons fleurdelisés et couronnes.

143-150 — Divers objets de vitrine.

Première Chambre à coucher

151 — Bel ameublement de chambre à coucher, style Renaissance, en noyer sculpté, composé de : 1° un grand lit de milieu, à colonnes et baldaquin ; le panneau du fond à fronton, est orné d'une tête d'homme d'où s'échappent une couronne de fruits et de feuillages, de rosaces et des volutes. La frise du dessous offre, dans un médaillon, une femme couchée au milieu d'un paysage, et sur les côtés, des femmes ailées se perdant dans des volutes fleuries. — Le panneau du devant représente, dans des encadrements à coquilles, piécettes enfilées, flleurs et fruits, des personnages mythologiques, et les bandeaux, des têtes d'hommes reliées par des guirlandes fleuries.

Le lit est supporté par des bustes de femmes ailées, à têtes de lion et pieds à griffes, d'où partent les montants ornés de cariatides de femmes, de têtes de lions, d'écussons et jetées de fruits se terminant par des colonnes ornées de figures d'hommes, tors de lauriers, feuilles d'acanthe, sur lesquels repose le baldaquin, garni de brocart blanc, broché, à corbeilles fleuries, avec galons et franges assorties.

2° Deux tables de nuit offrant dans des médaillons *Léda et Neptune*, colonnettes cannelées à chapiteaux, Dussus en marbre rouge.

152 — Belle commode époque Louis XV à quatre tiroirs, en marqueterie de bois de rose et de palissandre, de forme cintrée, garnie de bronzes ciselés et dorés, dessin à bustes de femmes, dessus en marbre rouge.

153 — Petit chiffonnier à quatre tiroirs, de style Louis XV, en vernis Martin, offrant des jeux d'amours, garni de bronzes dorés. Dessus en marbre brèche d'Alep.

154 — Ameublement, composé d'un petit canapé, quatre fauteuils et quatre chaises en bois sculpté doré, dessin à coquilles et bouquets de fleurs, couvert en soierie blanche, à grands branchages fleuris et à pastour, style XVIIIe siècle.

155 — Tabourets analogues.

156 — Décoration de fenêtre à lambrequin, et trois portières, en soierie fond vieux rose, brochée à bouquets de fleurs et plumes.

157 — Tenture murale et décoration de glace, en soierie blanche, brochée à rinceaux fleuris et feuillagés.

158-159 — Deux glaces biseautées, avec encadrements analogues.

160 — Décoration de cheminée, en peluche chaudron, garnie de passementerie et de franges, couverte en soierie blanche brochée à fleurs.

161 — Cartonnier fond peluche chaudron, brodé à fleurs.

162 — Tapis fond bleu, dessin polychrome.

163 — Jolie armoire à glace biseautée, genre vernis Martin, avec médaillons à sujets d'après Boucher, sur fond vert aventuriné d'or, ornée de bronzes ciselés et dorés, style Louis XV

164 — Deux très-beaux vases avec couvercles en marbre rare, *Fleuri d'Orient*, richement montés en bronze ciselé et doré, style Louis XVI.

165 — Garniture de cheminée en marbre noir et bronze composée d'une pendule et de deux candélabres.

166 — Buste en bronze : *La Rose.*

167 — Plaque en ancien émail de Limoges, représentant la flagellation, cadre en bois sculpté et doré.

168 — Coffret à bijoux en vernis Martin, décor représentant *la Becquetée*, garni de bronzes, avec glace biseautée et cadre à casque, amours et palmes, style Louis XV.

169 — Quatre fauteuils à dossiers carrés, bois style XVIe siècle, couverts en lampas fond rouge, dessin jaune d'or.

Cabinet de toilette

170 — Trois portières de mosquée en satin bleu, blanc et jaune avec broderies d'or.

171 — Quatre portières en perles de couleur.

172 — Tentures murales en étoffe tramée, dessin à raies polychromes, genre oriental.

173 — Plafond en étoffe à rayons.

174 — Deux décorations de fenêtres en étoffe crème, brodées en soie à dessins dans le goût oriental,

175 — Grande carpette longue de Perse, fond rouge, dessin géométrique polychrome, bordures, trois bandes.

176 — Ameublement composé d'une chaise longue, quatre fauteuils et une chaise, en étoffe veloutée de Karamanie, décor fond bleu, rouge et blanc.

177 — Jolie table de toilette, en bois de palissandre sculpté, à trois portes, offrant en application d'ivoire, des personnages, des oiseaux et des branchages ; le haut, à glace et à étagères, est supporté par deux figurines de Chinois. Dessus en marbre rouge d'Egypte. Travail français dans le goût Chinois.

178-179 — Deux meubles - cabinets en bois des Iles, avec applications d'ivoire, dessins à sujets

Chinois : personnages dans des paysages; les panneaux du haut, en bois sculpté et à jour, offrent des oiseaux dans des branchages fleuris.

180 — Meuble-étagère en bois de fer sculpté, le panneau de la porte offrant, en laque de différentes couleurs et en application de nacre et d'ivoire, un vase fleuri autour duquel voltige un oiseau, le haut à fond de glace.

181 — Glace biseautée, autour de laquelle s'enroule un dragon en bois de fer sculpté.

182 — Glace avec cadre en bois sculpté, dans le goût oriental, fond rouge, bleu et or.

183 — Petits tabourets en bois, avec incrustation de nacre ; style oriental,

184 — Psyché miniature, glace biseautée, monture en bois noir sculpté, avec incrustations de nacre.

185 — Statuette en bronze, la *Madeleine repentante.* Edition de Barbedienne.

186 — Deux flambeaux, bronze doré, formés par des cariatides de femmes ailées, sur gaîne.

187 — Porte-bouquet, formé par une statuette de femme, en bronze oxydé, portant une corne garnie de bronze argenté.

188 — Tigre en faïence.

189-190 — Divers objets d'applique, tambourins, perroquets, etc.

191 — Garniture de bureau, formée d'un encrier et de deux flambeaux en bronze ciselé et doré, à rocailles, style Louis XV.

192 — Dessin représentant une statuette de bouffon jouant des cimbales, en bronze polychrome, sur socle en onyx d'Algérie.

193 — Quatre bras d'applique en cuivre nickelé.

194 — Tapis de table fond vert et rouge, dessin polychrome.

Salle de bain

195 — Composée d'une baignoire, d'un chauffe-bain, appareil à douches, table de toilette en pitchpin, dessus en marbre, deux glaces, cadres en bambou,

Meubles et Objets divers

Provenant du Château de M. de X...

196 — Grande console en bois sculpté et doré, formée par quatre cariatides d'hommes et de femmes personnifiant les saisons, reliées entre elles par des feuillages, dessus en marbre noir veiné.

197 — Jardinière formée par une figurine d'enfant assis dans des rocailles et portant une corbeille.

198 — Deux torchères formées de statuettes d'homme et de femme, en bois sculpté et doré, représentant des bacchants.

199 — Glace avec cadre doré, fronton à coquilles et rocailles.

200-201 — Deux bahuts en bois noir, garnis de bronzes ciselés et dorés ; les portes offrent des guirlandes fleuries en faïence, autour desquelles voltigent des papillons en application de nacre ; les bandeaux offrent des amours et des corbeilles de fleurs au milieu de rinceaux feuillagés, et une plaque représentant en relief des jeux d'amours.

202 — Grande et belle garniture de cheminée en bronze ciselé et doré, composée d'une pendule surmontée d'un groupe de trois amours jouant avec des colombes au milieu de rocailles, et de deux candélabres à neuf lumières, formés de de figurines d'enfants assis dans des rocailles, socles à fleurs et rocailles, style Louis XV. Travail de la maison Farret.

203 — Galerie de cheminée en bronze doré, offrant des amours assis au milieu de rocailles et se chauffant près de vases d'où sortent des flammes. Style Louis XV.

204 — Grande armoire, en bois d'acajou, moucheté et bois noir, à trois portes garnies de glaces biseautées.

205 — Lit en cuivre.

206 — Cinq appliques en bronze, à bouquets de lys, à cinq lumières.

207 — Décorations de fenêtres et de portes, en étoffe genre tapisserie de Neuilly, fond vert clair, à médaillons et bouquets de fleurs, en polychrome.

208 — Dix chaises en noyer sculpté, couvertes en même étoffe.

Deuxième étage

209 — Ameublement de fumoir, en bois sculpté, garni de bronzes dorés, couvert en damas de soie rouge, style Louis XVI, composé de : deux canapés, quatre fauteuils, quatre chaises et quatre petites chaises légères.

210 — Paravent de Chine, à quatre feuilles, en velours de lin brun, dessin en broderie de soie, à volatiles et arbustes.

211 — Trois galeries en bois sculpté et doré, dessin à rocailles et guirlandes de fleurs, style Louis XV.

212 — Deux petits supports, en bois de fer de Chine, sculplé, dessus en marbre rouge.

213 — Grande divinité indienne, en bois sculpté et laqué d'or, ornée de pierreries.

214-215 — Différentes armes de Chine et du Japon.

216-230 — Diverses pièces d'étoffes, en satin, soie, peluche, etc.

TABLEAUX

BLUM (Maurice)

231 — *La Leçon de chant.*

BLUM (Maurice)

232 — *Le Message à la marquise.*

BLUM (Maurice)

233 — *Le Précieux souvenir.*

BLUM (Maurice)

234 — *La Sentinelle.*

TABLEAUX

BLUM (Maurice)

231 — *La Leçon de chant.*

BLUM (Maurice)

232 — *Le Message à la marquise.*

BLUM (Maurice)

233 — *Le Précieux souvenir.*

BLUM (Maurice)

234 — *La Sentinelle.*

CARLOTTA MARATTO

235 — *La Vierge et l'Enfant.*

Signé et daté 1711.

CÉRAMANO

236 — *Le Berger et son troupeau.*

DUBOIS

237 — Marine, *Clair de lune*

238 — Paysage, *Effet de neige.*

Deux pendants.

DUPUIS (Félix)

339 — *Porjet de monument.*

Dessin.

FRAGONARD (Attribué à)

240 — *Le Repos champêtre.*

GONZALÈS

241 — *Coupe de fraises.*

INNOCENTI

242 — *Propos galant.*

INNOCENTI

243 — *Portrait de femme.*

JACQUE (Ch.)

243 — *Moutons dans l'étable.*
Aquarelle. Signée.

LA LYRE

245 — *Femme nue accroupie.*

LA LYRE

246 — *La Joueuse de flûte.*

LA ROCQUE

247 — *Chiens de chasse.*

MELIN

248 — *Chiens couplés.*
Très beau tableau.

PÉCRUS

249 — *Port de Boulogne.*

PÉCRUS

250 — *Débarquement à Deauville.*

SÉRAPHIN

251 — *Paysage.*

SÉRAPHIN

252 — *Paysage et Chaumière.*
Deux aquarelles.

TORRÈS DE MARCILLO

253 — *La Fileuse.*

TRÉBUTIEN

254 — *Fleurs.*

VIGUI

255 — *Portrait de Cherfalis.*

VINCELET

256 — *Pêches, Poires, Raisins.*

257 — *Vase de fleurs.*

WASHINGTON

258 — *Fantasia.*

Très beau tableau.

ECOLE FLAMANDE

259 — *L'arracheur de dents.*

Cadre en bois sculpté avec fronton à écusson et guirlandes fleurs.

260 — *Portrait de femme représentée avec une couronne de fleurs dans les cheveux, et portant un plateau de fruits.*

Cadre en bois sculpté et doré.

261 — *La kermesse.*

ECOLE HOLLANDAISE

262 — *Les joueurs de dés.*

263 — Tableaux et objets non catalogués.

www.ingramcontent.com/pod-product-compliance
Ingram Content Group UK Ltd.
Pitfield, Milton Keynes, MK11 3LW, UK
UKHW021038180726
13838UKWH00004B/1866